ATRIUM

»Die vorliegende Sammlung entstammt nicht nur dem verzeihlichen Wunsche, Epigramme aus zwei Jahrzehnten einmal zu bündeln. Es steckt eine zweite, eine bemerkenswertere und grundsätzliche Absicht dahinter: Das kleine Buch will die Leser, wenn nicht gar die Schriftsteller an eine Kunstform erinnern, die verschollen ist ... Lasst uns den Verlust endlich erkennen, beklagen und wettmachen. Das Epigramm ist tot? Es lebe das Epigramm!« *Erich Kästner*

Erich Kästner, 1899 in Dresden geboren, begründete gleich mit zwei seiner ersten Bücher seinen Weltruhm: *Herz auf Taille* (1928) und *Emil und die Detektive* (1929). Nach der Machtübernahme der Nationalsozialisten wurden seine Bücher verbrannt, sein Werk erschien nunmehr in der Schweiz im Atrium Verlag. Erich Kästner erhielt zahlreiche literarische Auszeichnungen, u.a. den Georg-Büchner-Preis. Er starb 1974 in München.

ERICH KÄSTNER

Kurz und bündig

Epigramme

Atrium Verlag · Zürich

Erich Kästners Werke erscheinen im Atrium Verlag in ihrer originalen Textgestalt. Die Sprache hat sich im Lauf der Jahrzehnte gewandelt, manche Begriffe werden nicht mehr oder anders verwendet. Aus urheberrechtlichen Gründen wurde darauf verzichtet, Kästners Sprache – die eines aufgeklärten Moralisten und Satirikers – dem heutigen Sprachgebrauch anzupassen.

MIX
Papier | Fördert gute Waldnutzung
FSC® C014496

Neuausgabe
3. Auflage 2026

Erstveröffentlichung:
Atrium Verlag AG, Zürich, 1950

Umschlaggestaltung: www.b3k-design.de,
Andrea Schneider und Max Bartholl, unter
Verwendung des Konzepts von Christoph Krämer
Umschlagillustration von Hans Traxler, 2012
Satz: Farnschläder & Mahlstedt, Hamburg
Druck und Bindung: GGP Media GmbH, Pößneck
Printed in Germany
ISBN 978-3-03882-018-5
GPSR (General Product Safety Regulation)-Kontakt: W1-Verlage GmbH,
Dorotheenstraße 64, 22301 Hamburg, gpsr@w1-verlage.de

www.atrium-verlag.de

Inhalt

Vorwort

Obwohl, dem Sprichwort entgegen, das Geld nicht auf der Straße liegt, gibt es Menschen, die's finden. Sie kommen des Wegs, gucken in die Luft, bücken sich plötzlich und haben ein Geldstück in der Hand. Martial mit seinen zwölfhundert Epigrammen war so ein Mann. Zwölfhundert epigrammträchtige Einfälle fand er auf seiner Lebensstraße. Die schmutzigen Münzen rieb er blank. Den fahlen Goldstaub schmolz er ein. Die unscheinbaren Edelsteine schliff er zu Juwelen. Und noch die Quarz- und Glimmerstücke traktierte er, bis man sie für Diamanten hielt. Er fand, auch wenn er nicht suchte.

Im Einfall liegt das Geheimnis, in der Prägung steckt die Kunst des Epigramms, und viel mehr wäre über den Spruch, diese kürzeste Gedichtgattung, kaum zu sagen. Allenfalls noch, dass sie dem Inschriftenkult auf Denkmälern ihr Entstehen verdankt und dass sie sich später, nicht zuletzt durch Martial, »vom Denkmal fort und zum Denkzettel hin« entwickelte, wie ein neuerer Kunstrichter die Wandlung vom Heroischen zum Satirischen bezeichnet hat. Schließlich ließe sich anmerken, dass jedes echte Epigramm, der Poetik gemäß, zwei Regeln erfüllen muss: Es soll »Erwartung« wecken und pointierend »Aufschluss« geben. So hat es Lessing formuliert, und er hat es noch den größten Meistern schwer angekreidet, wenn und sooft sie das Gesetz übertreten hatten. Das war keine Beckmesserei. Dieses Gesetz ist keine Spitzfindigkeit der Philologen, sondern es wohnt dem Epigramm inne.

Erwartung und Aufschluss? Ein beliebiges Beispiel mag die Doppelregel veranschaulichen, und zwar ein Vierzeiler, dessen Verfasser wohl kaum in den Verdacht geraten wird, Scaligers, Boileaus, Batteux', Lessings und Herders Theorien über das Epigramm studiert zu haben. Der Vierzeiler steht, in ungelenken Lettern, auf einem Tiroler Marterl und ist dem Andenken an einen tödlich verunglückten Holzknecht gewidmet.

»Es ist nicht weit
zur Ewigkeit«

lautet die gewagte, Erwartung weckende Behauptung. Und die dem verweilenden Wanderer Aufschluss erteilenden, wahrhaftig überraschenden Beweiszeilen:

»Um acht ging Martin fort,
um zehn Uhr war er dort.«

Von Meleager und Martial bis zu Martins Marterl – das Gesetz wird von allen respektiert, auch von denen, die es gar nicht kennen. Ausnahmen bestätigen auch auf diesem Gebiet die Regel.

Die vorliegende Sammlung entstammt nicht nur dem verzeihlichen Wunsche, Epigramme aus zwei Jahrzehnten einmal zu bündeln. Es steckt eine zweite, eine bemerkenswertere und grundsätzliche Absicht dahinter: Das kleine Buch will die Leser, wenn nicht gar die Schriftsteller an eine Kunstform erinnern, die verschollen ist. Sein Zweck wäre erreicht, wenn es das Bedürfnis belebte, die alten Epigramme wieder zu lesen, und die Lust, neue zu schreiben. Im Schatzhaus unserer Literatur birgt das Gewölbe mit den Epigrammen, diesen kunstvoll geschnittenen Gemmen und vollendet geschliffenen Edelsteinen der Dichtung, unschätzbare Werte. Man darf sie besichtigen und besichtigt sie nicht. Sie sind wundervoll wie Miniaturen und werden nicht bewundert. Ist die Neigung, sich an diesen »sinnreichsten Kleinigkeiten«, wie Lessing sie genannt hat, an diesen »witzigsten Spielwerken« zu freuen, tatsächlich dahin? Ist die künstlerische Lust, sich in äußerster Zucht, Prägnanz und Kürze auszudrücken, wirklich erloschen? Und das zu einer Zeit, da denen, die lesen, und denen, die schreiben, Zucht und Prägnanz nötiger wären denn je?

Dass ein Schiff eines Tages in seinen Hafen nicht zurückkehrt, ist schmerzlich, doch ein solcher Verlust gehört ins Kalkül. Was aber wäre von den Leuten daheim, in Sonderheit von den Schiffseignern, zu halten, die den Verlust überhaupt nicht bemerkten? Auf diese absurde Frage gibt es keine befriedigende Antwort. Wohl aber gibt es einen vortrefflichen Ausweg! Lasst uns den Verlust endlich erkennen, beklagen und wettmachen! Das Epigramm ist tot? Es lebe das Epigramm!

Präzision

Wer was zu sagen hat,
hat keine Eile.
Er lässt sich Zeit und sagt’s
in einer Zeile.

Zum Neuen Jahr

»Wird's besser? Wird's schlimmer?«
fragt man alljährlich.
Seien wir ehrlich:
Leben ist immer
lebensgefährlich.

Kalenderspruch

Vergiss in keinem Falle,
auch dann nicht, wenn vieles misslingt:
Die Gescheiten werden nicht alle!
(So unwahrscheinlich das klingt.)

Ganz nebenbei

oder Das Derivat des Fortschritts

Indes sie forschten, röntgten, filmten, funkten,
entstand von selbst die köstlichste Erfindung:
der Umweg als die kürzeste Verbindung
zwischen zwei Punkten.

Eine Mutfrage

Wer wagt es,
sich den donnernden Zügen entgegenzustellen?
Die kleinen Blumen
zwischen den Eisenbahnschwellen!

Sokrates zugeeignet

Es ist schon so: Die Fragen sind es,
aus denen das, was bleibt, entsteht.
Denkt an die Frage jenes Kindes:
»Was tut der Wind, wenn er nicht weht?«

Eine Spitzenleistung
oder L' éducation fatale

»Es war nicht leicht!«,
sagte die Uhr
zu dem Interviewer.
»Und ich habe es nur
im zähen Kampf gegen meine Natur
schließlich erreicht:
Sie sehen in mir, wenn's beliebt,
die schnellste Uhr, die es gibt!«

Trotz allem

Ein Elefant im Porzellangeschäfte
nimmt sich trotz allem doch noch besser aus
als eine alte Meißner Tasse
im Elefantenhaus.

Eine Feststellung

Wir haben's schwer.
Denn wir wissen nur ungefähr,
woher,
jedoch die Frommen
wissen gar, wohin wir kommen!

Wer glaubt, weiß mehr.

Für die Katz

Wenn der Hufschmied den Gaul beschlägt,
wenn sich der Truthahn im Traum bewegt,
wenn die Mutter das Essen aufträgt,
wenn der Großvater Brennholz sägt,
wenn der Wind um die Ecke fegt,
wenn sich im Schober das Liebespaar regt,
wenn das Fräulein die Wäsche legt –
stets meint die Katze, man wollt' mit ihr spielen!

Wie der Katze geht's vielen.

Unsanftes Selbstgespräch

Merk dir, du Schaf,
weil es immer gilt:
Der Fotograf
ist nie auf dem Bild.

Helden in Pantoffeln

Auch der tapferste Mann, den es gibt,
schaut mal unters Bett.
Auch die nobelste Frau, die man liebt,
muss mal aufs Klosett.

Wer anlässlich dieser Erklärung
behauptet, das sei Infamie,
der verwechselt Heldenverehrung
mit Mangel an Phantasie.

Definition des Ruhms
Aus dem Französischen

Worin besteht der Ruhm auf Erden,
der die Wenigen von den Vielen trennt?
Von lauter Leuten gekannt zu werden,
die man selber gar nicht kennt.

Von Mord und Totschlag

Denkt ans fünfte Gebot:
Schlagt eure Zeit nicht tot!

Der Sanftmütige

Ich mag nicht länger drüber schweigen,
weil ihr es immer noch nicht wisst:
Es hat keinen Sinn, mir die Zähne zu zeigen.
Ich bin gar kein Dentist!

Kleiner Rat für Damokles

Schau prüfend deckenwärts!
Die Nähe des möglichen Schadens
liegt nicht in der Schärfe des Schwerts,
vielmehr in der Dünne des Fadens.

Über den Nachruhm
oder Der Gordische Knoten

Den unlösbaren Knoten zu zersäbeln,
gehörte zu dem Pensum Alexanders.
Und wie hieß jener, der den Knoten knüpfte?
Den kennt kein Mensch.

(Doch sicher war es jemand anders.)

Das Verhängnis

Das ist das Verhängnis:
Zwischen Empfängnis
und Leichenbegängnis
nichts als Bedrängnis.

Der schöpferische Irrtum

Irrtümer haben ihren Wert;
jedoch nur hie und da.
Nicht jeder, der nach Indien fährt,
entdeckt Amerika.

Anonymer Grabstein

Obwohl man seine Taten staunend pries,
ist die Inschrift keine Huldigung,
und wir verschweigen gnädig, wie er hieß.
Denn für das alles, was er *unterließ*,
gibt's keinerlei Entschuldigung.

Folgenschwere Verwechslung

Der Hinz und der Kunz
sind rechte Toren:
Lauschen offenen Munds,
statt mit offenen Ohren!

In memoriam memoriae

Die Erinn'rung ist eine mysteriöse
Macht und bildet die Menschen um.
Wer das, was schön war, vergisst, wird böse.
Wer das, was schlimm war, vergisst, wird dumm.

Mitleid und Perspektive
oder Die Ansichten eines Baumes

Hier, wo ich stehe, sind wir Bäume,
die Straße und die Zwischenräume
so unvergleichlich groß und breit.
Mein Gott, mir tun die kleinen Bäume
am Ende der Allee entsetzlich leid!

Damentoast im Obstgarten

Casanova sprach lächelnd zu seinen Gästen:
»Mit den Frauen ist es,
ich hoffe, ihr wisst es,
wie mit den Äpfeln rings an den Ästen.
Die schönsten schmecken nicht immer am besten.«

Lebensbeschreibung einer Maniküre

Heinrich Heine gewidmet

Sie war eins der reizendsten Dinger
und gar keine Dame von Stand.
Man gab ihr den kleinen Finger,
und sie nahm die ganze Hand.

Bescheidene Frage

Ist der Mensch nicht eine Plage?
Und erst recht, wenn man ihn liebt?
Gott, verzeih mir diese Frage!
Tu's auch, wenn es Dich nicht gibt.

Moral

Es gibt nichts Gutes
außer: Man tut es.

Conditio sine qua non

Seufzend schreibt ihr der Poet:
»Bist du heute guter Dinge?
Wenn ich wüsste, wie's dir ginge,
wüsste ich, wie mir es geht.«

Die unzufriedene Straßenbahn

Sie hasste die gewohnte Strecke,
sprang aus dem Schienenstrang heraus
und wollte endlich einmal gradeaus,
statt um die Ecke.

Ein Unglück gab's. Und keine Reise.
Erinnert euch, bis ihr es wisst:
Wenn man als Straßenbahn geboren ist,
dann braucht man Gleise.

Übers Verallgemeinern

Niemals richtig.
Immer wichtig.

An die Maus in der Falle

oder Freiheit und Christentum

Du rennst im Kreis und suchst ein Loch?
Du rennst umsonst! Begreif es doch!
Besinn dich!
Ein einz'ger Ausweg bleibt dir noch:
Geh *in* dich!

Der letzte Anzug

Aus den »Lehrsätzen des armen Mannes«

Sie mögen noch so viel Worte verschwenden,
ja, wenn sie die seltsamsten Mittel erfänden –
mein Anzug lässt sich nur einmal wenden.

Über Anthropophagie und Bildungshunger

Was weiß man schon über Menschenfresser?
Fressen sie Mensch, wie sich's gehört, mit
Gabel und Messer?
Schmeckt ihnen ein dicker, asthmatisch
gewesener Bäcker besser
als ein dünner, schmalfingriger König?

Man weiß so wenig …

Der Abschied

Nun ich mich ganz von euch löse,
hört meinen Epilog:
Freunde, seid mir nicht böse,
dass ich mich selber erzog!

Wer sich strebend verwandelt,
restlos und ganz und gar,
hat unselig gehandelt,
wenn er nicht wird, was er war!

Variante zum »Abschied«

Ein Mensch, der Ideale hat,
der hüte sich, sie zu erreichen.
Sonst wird er eines Tages statt
sich selber andren Menschen gleichen.

Stoßgebet für Heiden mit Mittelschulbildung

Amen?
Tamen!

Was auch geschieht

Was auch immer geschieht:
Nie dürft ihr so tief sinken,
von dem Kakao, durch den man euch zieht,
auch noch zu trinken!

Januskopfe

oder Der Unterschied zwischen Seltenheit und Rarität

Wer sich für einen Janus hält
oder für sonst eins unter den seltnen Geschöpfen,
täuscht meist die andern, irrt meist sich selber.
Es gibt auch Kälber
mit zwei Köpfen.

Die Spiegelfechter

Manches kann euch nie gehören,
weil es Edleren gehört.
Und ihr zieht das Schwert und schwört,
deren Habe zu zerstören.

Gott hat Glück. Ihr übertreibt.
Fechtet wild und immer wilder, –
ihr zerbrecht nur Spiegelbilder!
Was gespiegelt wurde, bleibt.

Deutsche Gedenktafel 1938

Hier starb einer, welcher an die Menschheit glaubte.
Er war dümmer, als die Polizei erlaubte.

Als die Synagogen brannten

Der junge SA-Mann:
Wo steckt Jehova nun, der nie verzeiht?
Ist er, Adresse unbekannt, verzogen?

Der alte Jude:
Gibt's einen Gott, gibt's auch Gerechtigkeit.
Wenn's keinen gibt, was braucht es Synagogen?

Abendgebet 1943

Wir hocken in modernen Katakomben.
(Schon wieder Krieg, und noch nicht mein
Geschmack!)
Behüt uns, Herr, vor allen fremden Bomben
und, wenn du kannst, auch vor der eignen Flak.

Deutschland 1948

Adresse an die Großmächte

Man kann ganz ruhig drüber sprechen:
Auch wenn ihr die Kausalitäten verehrt
und wenn ihr der krassen Gerechtigkeit huldigt, –
– neue Dummheiten werden durch alte Verbrechen
höchstens erklärt,
bestimmt nicht entschuldigt.

Notwendige Antwort auf überflüssige Fragen

Ich bin ein Deutscher aus Dresden in Sachsen.
Mich lässt die Heimat nicht fort.
Ich bin wie ein Baum, der – in Deutschland
gewachsen –
wenn's sein muss, in Deutschland verdorrt.

Inschrift auf einem sächsisch-preußischen Grenzstein

Wer hier vorübergeht, verweile!
Hier läuft ein unsichtbarer Wall.
Deutschland zerfällt in viele Teile.
Das Substantivum heißt: Zerfall.

Was wir hier stehngelassen haben,
das ist ein Grabstein, dass ihr's wisst!
Hier liegt ein Teil des Hunds begraben,
auf den ein Volk gekommen ist.

Physikalische Geschichtsbetrachtung

Dem ehernen Gesetz des Falles
gehorcht auf Erden alles.
(Alles!)

Stimme von der Galerie

Die Welt ist ein Theaterstück.
Spielt eure Rollen gut! Ihr spielt ums Leben.
Seid Freund! Seid Feind! Habt Macht! Habt Glück!
Ich spiel nicht mit. In jedem Stück
muss es auch Menschen, die bloß zuschaun, geben.

Und wenn das Stück missfällt, so lasst mich schließen,
ist das noch längst kein Grund, aufs Publikum zu schießen.

Soll und Haben 1950

Genarrt, enttäuscht und unverfroren
und mit dem Sterben sehr intim,
habt ihr, mitsamt der Furcht vor ihm,
die Ehrfurcht vor dem Tod verloren.

Trost

Stirb nicht im Grimm!
Sage dir immer:
Zu früh sterben ist schlimm, –
zu spät geboren werden ist schlimmer.

Die Grenzen des Millionärs

Aus den »Lehrsätzen des armen Mannes«

Er könnt' aus purer Lust am Prassen
Sich gold'ne Beefsteaks braten lassen!
Jedoch er sollt'
eins nicht vergessen:
Beefsteaks aus Gold
kann man nicht essen.

Zusammenhänge

Der eine möchte nicht sehen,
was der andre nicht sieht.
Alles könnte geschehen.
Aber nur manches geschieht.

Reden ist Silber

Lernt, dass man still sein soll,
wenn man im Herzen Groll hat.
Man nimmt den Mund nicht voll,
wenn man die Schnauze voll hat.

Konstellationen

Er wusste stets von Glück zu sagen.
Sogar als er sein Bein verlor.
Ihn überfuhr ein Krankenwagen
an einem offnen Friedhofstor.

Inschrift an einer Kirchhofstür

Wer diesem kleinen Schild Beachtung schenkt,
der möge auch das Folgende beachten:
Hier liegen viele, die nicht daran dachten,
dass man viel früher hier liegt, als man denkt.

Es läuten die Glocken

Wenn im Turm die Glocken läuten,
kann das viererlei bedeuten.
Erstens: dass ein Festtag ist.
Dann: dass du geboren bist.
Drittens: dass dich jemand liebt.
Viertens: dass dich's nicht mehr gibt.
Kurz und gut, das Glockenläuten
hat nur wenig zu bedeuten.

Seltsame Begegnung

Sonst ist einer der Herr Doktor
und ein andrer der Klient.
Wer sich selbst erzieht, ist beides:
Selber Arzt und selbst Patient.

Jung gewohnt, alt getan

Als Kinder spielten wir ein Spiel,
das hieß …
Ich weiß nicht, wie es heute heißt …
Es hieß:
»Ich weiß etwas, was du nicht weißt!«
Man altert. Doch sonst ändert sich nicht viel.

Niedere Mathematik

Ist die Bosheit häufiger
oder die Dummheit geläufiger?

Mir sagte ein Kenner
menschlicher Fehler
folgenden Spruch:
»Das eine ist ein Zähler,
das andere Nenner,
das Ganze – ein Bruch!«

Der Mensch ist sein eigenes Gefängnis

Nachts manchmal, wenn er am Fenster lehnte
und die ungezählten Sterne sah,
kam es vor, dass er sich sinnlos sehnte
und die Arme hob und sehnend dehnte:

Und dann stand er wie gekreuzigt da.

Ernster Herr im Frühling

Als wär er ein dickes Kind,
tolpatscht der Frühlingswind
mit Grübchenfingern in dein Gesicht!
Er strampelt vor Übermut!
Er zupft dich kichernd am Hut!

Du aber magst kleine Kinder nicht.

Herbstliche Anekdote

Als der Alte von einem Begräbnis kam,
blieb er am Tor des Friedhofs stehen
und sagte zögernd zu seinem Sohn:
»Eigentlich lohnt sich's für mich gar nicht,
erst wieder nach Hause zu gehen …«

Der Gegenwart ins Gästebuch

Ein guter Mensch zu sein, gilt hierzulande
als Dummheit, wenn nicht gar als Schande.

Grabrede für einen Idealisten

Bevor man stirbt, hat man gelebt.
Der Mann nun, den man hier begräbt,
lebte höchst sonderbar.

Er litt aus Mitleid, wenn er litt,
und stritt für andre, wenn er stritt,
auf eigene Gefahr.

Und hatte, trauernde Gemeinde,
ganz einfach deshalb lauter Feinde,
weil er ein Freund der Menschen war.

Der Bahnhofsvierzeiler

Jeden Abend stand er an der Sperre,
ein armer, alter, gebeugter Mann.
Er hoffte, dass einmal Gott ankäme!
Es kamen immer nur Menschen an.

Sich selbst zum 40. Geburtstag

Du weißt, mein Bester, dass ich nichts beschönige.
Deshalb vergiss nicht, was man sehr leicht vergisst:
Doppelt so alt wie du heute geworden bist,
werden nur wenige.

Doppelter Saldo

Aus den »Lehrsätzen des armen Mannes«

Die einen, die immer Geld verdienen,
haben zum Ausgeben niemals Zeit.
Und wir sagen im Chor mit ihnen:
Es gibt eben keine Gerechtigkeit.

Die andern, die niemals Geld verdienen,
haben zum Ausgeben immer Zeit.
Und wir sagen im Chor mit ihnen:
Es gibt eben keine Gerechtigkeit.

Elegie conditionalis

Wenn nur das Vergängliche verginge,
nur das Sterbliche und das Geringe,
nur der Kummer, der uns quält,
nur die Liebe, die uns fehlt,
nur der Mensch, das Millimetermaß der Dinge, –
wenn nur das Vergängliche verginge,
bliebe das zurück, was zählt.
Aber …

Der Streber

Vom frühen bis ins späte Alter,
mit Mordsgeduld und Schenkelschluss,
rankt er sich hoch am Federhalter
und klettert, weil er sonst nichts muss.
Die Ahnen kletterten im Urwald.
Er ist der Affe im Kulturwald.

Sport anno 1960

Meldungen vom Wettlauf durch die Lübecker
Schweiz:
»Die Läufer trainieren täglich zehn Stunden.
Sie brauchen für 100 Meter zirka minus
14 Sekunden.
Die Spitzengruppe ist heute Morgen bereits
im Jahre 1920 verschwunden!«

Wenn …

Aus den »Lehrsätzen des armen Mannes«

Wenn so ein Kerl Vermögen hätte,
er ließe selbst die Streichquartette,
soweit sie seinem Ohr gefielen,
von hundert Mann Orchester spielen.

Moderne Kunstausstellung

Die Leute stehen in Sälen herum.
Sie finden das ungewöhnlich?
Es ist ja gar kein Publikum!
Es sind die Maler persönlich.

Aggregatzustände

Junge Dichter
sind strenge Richter.
Später sind sie dann mitleidiger
und werden Verteidiger.

Das Genie

Der Mensch, der in die Zukunft springt,
der geht zugrunde.
Und ob der Sprung missglückt, ob er gelingt,
der Mensch, der springt,
geht vor die Hunde.

Über gewisse Schriftsteller

Sie fahren das Erlebte und Erlernte
nicht in die Scheuern ein und nicht zur Mühle.
Sie zeigen ihre Felder statt der Ernte,
die noch am Halme wogenden Gefühle,
und sagen zu den Lesern stolz und fest:
»Das wär's – nun fresst!«

Die leichte Muse

Aus der großdeutschen Kunstlehre

Die leichte Kunst
ist seichte Kunst.
Die feine Kunst
ist keine Kunst.

Der Humor

Aus der großdeutschen Kunstlehre

Der Humor ist der Regenschirm der Weisen
und insofern unsoldatisch.
Dass wir ihn trotzdem öffentlich preisen,
scheint problematisch.
In praxi ist's gleichgültig, was wir meinen.

Denn wir haben ja keinen.

Die Wirklichkeit als Stoff

Aus der großdeutschen Kunstlehre

Die Zeit zu schildern, ist eure heilige Pflicht.
Erzählt die Taten! Beschreibt die Gesinnungen!
Nur, kränkt die Schornsteinfeger nicht!
Und kränkt die Jäger und Briefträger nicht!
Und kränkt die Neger, Schwäger, Krankenpfleger
und Totschläger nicht!

Sonst beschweren sich die Innungen.

Der Selbstwert des Tragischen

Aus der großdeutschen Kunstlehre

Es schwimmt der Held im eignen Blut?
Ende schlimm – alles gut!

Happy end, d. h. Ende gut

Aus der großdeutschen Kunstlehre

Wenn zwei zum Schluss sich kriegen, sprecht:
Ende gut – alles schlecht!

Begegnung auf einer Parkbank

Ein bezaubernd buntes Pfauenauge
setzte sich, damit es Honig sauge,
auf Herrn Lehmanns Feiertagskrawatte,
die ein schönes Blumenmuster hatte.

Selbst Krawattenseide, schwer wie diese,
ist noch lange keine Honigwiese!
Als der Schmetterling verdutzt entschwebte,
lachte Lehmann, dass die Weste bebte.

Aufforderung zur Bescheidenheit

Wie nun mal die Dinge liegen
und auch wenn es uns missfällt:
Menschen sind wie Eintagsfliegen
an den Fenstern dieser Welt.

Unterschiede sind fast keine,
und was wär auch schon dabei!
Nur, die Fliege hat sechs Beine,
und der Mensch hat höchstens zwei.

Die junge Dame vorm Sarggeschäft

Täglich seh ich sie dort stehen bleiben
und gebannt in jene Scheiben starren,
hinter denen, unser Tun und Treiben
nicht beachtend, Särge auf uns harren.

Täglich seh ich, wie ihr Auge blitzt,
wenn sie in das Fenster blickt.
Was stimmt sie heiter?
Ach, sie prüft nur, ob ihr Hütchen sitzt.
Nichts weiter.

Kurze Charakteristik

Einer von den Dutzendköpfen
saß auf ihrem Körper drauf.
Und ihr Kleid war vorn zu knöpfen,
sowohl zu, als auf.

Albumvers

Die Hühner fühlten sich plötzlich verpflichtet,
statt Eiern Apfeltörtchen zu legen.
Die Sache zerschlug sich. Und zwar weswegen?
Das Huhn ist auf Eier eingerichtet!

(So wurde schon manche Idee vernichtet.)

Nur Geduld

Das Leben, das die meisten führen,
zeigt ihnen, bis sie's klar erkennen:
Man kann sich auch an offnen Türen
den Kopf einrennen.

Fachmännische Konsequenz

Cogito, ergo sum?
Mag sein! Doch die meisten sind dumm!
Drum
lautet des Fachmanns Befund:
Non cogitant, ergo non sunt!

Gehupft wie gesprungen

Aus den »Lehrsätzen des armen Mannes«

Ob vom Kölner Dom, ob vom Zirkuszelt,
ob vom Dach einer Dampfwäscherei –
für den Arbeiter, der herunterfällt,
ist das völlig einerlei.

Der Zweck und die Mittel

oder Religion als Politik und Politik als Religion

Der Zweck, sagt ihr, heiligt die Mittel?
Das Dogma heiligt den Büttel?
Den Galgen? Den Kerkerkittel?
O schwarzumflortes Kapitel!
Fest steht trotz Schrecken und Schreck:
Die Mittel entheiligen den Zweck!

Die Grenzen der Aufklärung

Ob Sonnenschein, ob Sterngefunkel:
Im Tunnel bleibt es immer dunkel.

Einmal etwas Musikalisches

Geschehen und Geschichte sind asynchron.
Das ist gar nicht schwer zu beweisen.
Und:
Fis und Ges sind derselbe Ton,
obwohl sie verschieden heißen.

Mut zur Trauer

Sei traurig, wenn du traurig bist,
und steh nicht stets vor deiner Seele Posten!
Den Kopf, der dir ans Herz gewachsen ist,
wird's schon nicht kosten.

Die kopflose Stecknadel

Köpfe abschlagen ist nicht sehr klug.
Die Stecknadel, der man den Kopf abschlug,
fand, der Kopf sei völlig entbehrlich,
und war nun vorn und hinten gefährlich.

Nietzsche

Sein Porträt

Keiner vor ihm, noch hinterher
warf je sein hüstelndes Gehirn
so stolz in die Brust wie er.
Zur Hälfte Schnurrbart, zur Hälfte Stirn –
er hatte es schwer.

Über die Ursachen der Geschichte

Wenn Klio, die Muse, sich schlafen legt,
umwölken sie Traumgesichte.
Und dass sie die Glieder träumend bewegt,
bewirkt Geschichte.

Doch was Klio träumt und was wirklich geschieht,
verhält sich, nach grauem Gesetz,
wie ihr zuckender Arm, wie ihr flatterndes Lid
zum Knarren ihres Betts.

Auch eine Auskunft

Ein Mann, von dem ich wissen wollte,
warum die Menschen einander betrügen,
sprach: »Wenn ich die Wahrheit sagen sollte,
müsst' ich lügen.«

Es hilft nicht schönzufärben

Sollen die Kinder erben,
müssen die Eltern sterben.

Für Stammbuch und Stammtisch

Freunde, nur Mut!
Lächelt und sprecht:
»Die Menschen sind gut,
bloß die Leute sind schlecht.«

Die Bäume

Wir sitzen nicht auf Thronen.
Uns schmeichelt nur der Wind.
Wir haben dennoch Kronen,
die schöner als eure sind.

Die zwei Gebote

Liebe das Leben, und denk an den Tod!
Tritt, wenn die Stunde da ist, stolz beiseite.
Einmal leben zu müssen,
heißt unser erstes Gebot.
Nur einmal leben zu dürfen,
lautet das zweite.

Kopernikanische Charaktere gesucht

Wenn der Mensch aufrichtig bedächte:
dass sich die Erde atemlos dreht;
dass er die Tage, dass er die Nächte
auf einer tanzenden Kugel steht;
dass er die Hälfte des Lebens gar
mit dem Kopf nach unten im Weltall hängt,
indes sich der Globus, berechenbar,
in den ewigen Reigen der Sterne mengt, –
wenn das der Mensch von Herzen bedächte,
dann würd' er so, wie Kästner werden möchte.